AF370902

ESSAI

SUR L'HISTOIRE DE L'IMPROVISATION

EN ITALIE.

ESSAI

SUR

L'HISTOIRE DE L'IMPROVISATION

EN ITALIE

PAR

ERNEST BRETON,

De la Société royale des Antiquaires et de l'Institut Historique de France, de la Société Ethnologique de Paris, de l'Académie de Vaucluse, des Sociétés Archéologiques de Normandie, de Picardie, du Midi de la France, de Langres, de Genève, d'Arezzo, etc., etc.

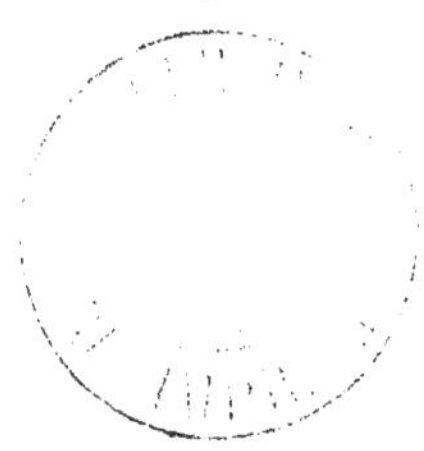

Mémoire lu au Congrès Historique le 25 mai 1842

PARIS

A. RENÉ ET Cie, IMPRIMEURS-ÉDITEURS,

RUE DE SEINE, 32.

1842

ESSAI

SUR L'HISTOIRE DE L'IMPROVISATION

EN ITALIE.

Ce n'est peut-être pas sans quelque étonnement que ceux de mes lecteurs qui connaissent la nature des études qui me sont ordinaires me verront aborder ici une question d'histoire littéraire; et cependant, tous les arts ne sont-ils pas unis entre eux par des liens indissolubles? La poésie n'existe-t-elle pas dans les tableaux de Raphaël, les statues de Michel-Ange, comme dans les stances du Dante et de Pétrarque? Serait-on digne du bonheur d'avoir parcouru l'Italie, si, admirant les chambres du Vatican, la basilique de Saint-Pierre, ou le portique du Panthéon, on était resté insensible aux accents enchanteurs d'une langue la plus suave, la plus harmonieuse de l'univers?

J'assistais, il y a quelques années, à une lutte innocente, à un combat pacifique que se livraient la France, l'Allemagne et l'Italie, représentées par trois improvisateurs célèbres, MM. Eugène de Pradel, Maximilien Langenschwartz et Luigi Cicconi. Comment, me demandais-je, comment se fait-il que tant de gens d'esprit et de savoir s'expriment avec une si grande difficulté, et, malgré tout leur mérite, fassent mentir le fameux adage de Boileau :

> Ce que l'on conçoit bien s'énonce clairement,
> Et les mots pour le dire arrivent aisément ?

Et, tandis que ces hommes supérieurs ont tant de peine à formuler, même en langage vulgaire, des pensées souvent élaborées longuement dans leur esprit, comment des gens, quelquefois d'un génie assez médiocre, d'une érudition variée, mais sans profondeur, peuvent-ils, sans réflexion, sans étude, de prime-abord, plier à la régularité de la mesure, aux exigences de la rime, des pensées qui, à peine conçues quand la période commence, ont acquis à la fin leur entier développement ?

Ce singulier phénomène m'inspira le désir d'en étudier l'origine, les progrès, l'histoire; et d'abord je dus rechercher l'étymologie du mot même qui sert à le désigner.

Le mot *improviser* est depuis longtemps reçu dans notre langue, et ce n'est pas sans étonnement qu'on lit dans l'Encyclopédie *improvisteur* et *improvister*, mots que l'auteur de l'article fait dériver du français *improviste*. L'origine du mot ne doit-elle pas, selon toute apparence, être la même que celle de la chose

Et puisque les Italiens les premiers , parmi les peuples modernes, ont excellé dans ce tour de force intellectuel , pourquoi ne pas avouer franchement que c'est à leur langue que nous avons emprunté *improviser, improvisateur,* mots qui, d'ailleurs, ont une analogie si frappante avec les mots *improvisare, improvisatore ?* Cela est tellement vrai que c'est en vain que quelques auteurs ont cherché à introduire *improviseur,* et que ce mot a dû céder la place à *improvisateur,* qui, plus que lui, se rapproche de sa primitive origine. On trouve dans quelques lettres de J.-B. Rousseau *improvisade* pour désigner des pièces de vers faites impromptu, sans étude et sans réflexion ; mais ce mot , qui d'ailleurs emportait une idée de mépris, n'a pas été admis, et ne méritait guères de l'être.

Le talent d'improviser paraît être un don naturel, que l'art, l'étude et la civilisation ne peuvent que gêner et comprimer, et finiront par anéantir ; chez les peuples sauvages, dont l'imagination est d'autant plus forte et plus mobile qu'elle est moins contenue par l'exercice de la raison, et par les conventions, par les exigences, par les habitudes de la société, le don de l'improvisation est bien plus commun que parmi nous. Les voyageurs nous représentent le sauvage de l'Amérique, au milieu de ses fêtes guerrières, de ses pompes nuptiales ou de ses cérémonies funèbres, se levant tout à coup plein d'un poétique enthousiasme , et improvisant, au son des instruments, des chants en l'honneur des époux, ou des stances à la louange des héros tombés sous le *tomawah* ennemi.

On peut conclure de divers passages d'auteurs anciens que les premiers poëtes des Grecs furent des improvisateurs, et qu'on doit regarder comme tels les poëtes ambulants qu'ils appelaient ἀοιδοί. Parmi les savants qui ne nient pas l'existence d'Homère, beaucoup ne veulent voir en lui qu'un improvisateur. Une telle supposition est difficile à admettre, et pourtant, pour la soutenir, on ne manquerait pas d'autorités respectables. Le passage suivant d'Eustathe ne vient-il pas d'une manière remarquable à l'appui de cette hypothèse ? « Homère, dit ce scholiaste, ne respirait que poésie ; il était tellement inspiré par la muse héroïque, qu'il parlait en vers avec plus de facilité que d'autres ne parlent en prose. » Nous savons combien Alexandre affectionnait son improvisateur Chérile, qui l'accompagna dans toutes ses expéditions. N'est-ce pas un improvisateur que représente Platon lorsqu'il peint l'enthousiasme qui anime le poëte au moment de l'inspiration ? Et, plus tard, chez les Romains, le nom même de *vates ,* commun au poëte et au devin, n'est-il pas une preuve que l'un et l'autre étaient supposés agir sous l'influence d'une inspiration subite, instantanée, supérieure ? N'indique-t-il pas que le poëte doit s'écrier comme la sybille prête à rendre un oracle : *Deus, ecce Deus ?*

Plusieurs improvisateurs furent célèbres à Rome, mais aucun n'égala un Grec nommé Iséc, qui arriva dans cette ville au temps de Pline-le-Jeune, qui en fait l'éloge dans une de ses lettres. Ovide s'est représenté lui-même comme doué du talent de l'improvisation dans ce vers si connu :

Quidquid tentabam scribere versus erat.

Cicéron paraît avoir fait peu de cas de ce jeu d'esprit, qu'il appelle *audax negotium et impudens.*

Le don d'improviser semble être une production naturelle du sol de l'Italie, et cette espèce de privilége est facilement expliquée par l'imagination ardente de ses habitants, et par l'abondance, la flexibilité de la langue.

Les premiers poëtes qui surgirent en Italie après la renaissance des lettres s'appliquèrent à la culture de la langue latine, qui fut, comme vous le savez, la langue des savants jusqu'à la fin du XVe siècle ; ils acquirent par cette étude une facilité merveilleuse à réunir quantité d'hémistiches d'auteurs classiques , *disjecti membra poetæ,* ce à quoi se réduit en grande partie le talent des improvisateurs latins. Parmi les improvisateurs ou poëtes *estemporanei,* comme on les appelle aussi, un des plus anciens dont l'histoire littéraire fasse mention est Serafino Aquilano, né en 1466, à Aquilée, ville des Abruzzes. Serafino avait fait une étude spéciale du Dante et de Pétrarque : il vint à Rome à la suite du cardinal Ascanio Sforza ; il s'attacha ensuite successivement au roi de Naples, au duc d'Urbin, au marquis de Mantoue, au duc de Milan, et enfin au trop fameux César Borgia. Pendant son séjour dans la capitale du monde chrétien, il était un des membres assidus des célèbres réunions littéraires de Paolo Cortesi, protonotaire apostolique. Serafino dut, en grande partie, sa réputation éphémère au talent qu'il possédait d'accompagner sur le luth les vers qu'il improvisait ; aussi sa célébrité ne lui survécut guère. Cependant, parmi les poésies qu'il a composées à loisir, et qui nous sont restées, il y a quelques morceaux remarquables , tels que l'*Invocation au sommeil.* Serafino mourut en 1500, âgé seulement de trente-quatre ans ; il fut enterré à Sainte-Marie-du-Peuple, et son épitaphe fut composée par un autre improvisateur célèbre, auquel il était lié par la plus étroite amitié, par Bernardo Accolti.

Bernardo Accolti fut surnommé, du nom d'Arezzo sa patrie, l'*Unico Aretino;* c'est ainsi que le désigne l'Arioste dans la dixième stance du quarante-sixième chant de l'*Orlando :*

Il gran lume Aretin, l'unico Accolti.

Il était d'une famille honorable ; son frère aîné avait été fait cardinal par Jules II, et son père, Benedetto Accolti, était l'auteur d'une histoire estimée des Croisades. Après avoir fait les délices des réunions littéraires de la duchesse de Ferrare, Bernardo arriva à Rome sous Léon X, qui le reçut avec honneur, et lui accorda le poste aussi lucratif qu'honorable de secrétaire apostolique. Sa fortune ne s'arrêta pas là, et il reçut du pape ou acquit du produit de ses libéralités le duché de Nepi, qu'il transmit à ses enfants.

Le licencieux compatriote de Bernardo, l'Aretin, rapporte dans une de ses lettres que, sitôt qu'on savait à Rome que Bernardo Accolti devait réciter de vers, les boutiques se fermaient comme un jour de fête, et on se pressait pour jouir du bonheur de l'entendre ; il marchait alors précédé de laquais portant des torches, accompagné de prélats et de nobles, et suivi d'un corps nombreux de garde suisse.

Le même auteur ajoute que lui-même fut envoyé un jour par le pape chercher Accolti, et que, dès que le poëte parut, le pape s'écria : « Ouvrez toutes les portes, et laissez entrer tout le monde. » Bernardo récita des stances en l'honneur de la Mère de douleurs, et l'enthousiasme qu'il excita fut tel, qu'il fut plusieurs fois interrompu par les cris de : *Vive longtemps le divin poëte! l'incomparable Accolti!*

Qu'est-il resté de cette réputation colossale, de ce talent prodigieux? Des vers presque tous au-dessous du médiocre, et la plupart inconnus aujourd'hui. On peut cependant lire encore avec intérêt son poëme de *Virginie*, et surtout une pièce lyrique intitulée *Julie.* Bernardo Accolti mourut en 1536.

Parmi les improvisateurs de la fin du XVe siècle, et du commencement du XVIe, je pourrais citer Nicolo Leoniceno, Mario Filelfa, Pamfilo Sani, Ippolito da Ferrara, Giovanni-Battista Strozzi, Nicolo Franciotti, et Cesare da Fano ; mais je ne dois parler avec quelques détails que des plus célèbres. Sous Léon X brillèrent trois improvisateurs latins que le pontife se plaisait à mettre à l'épreuve, se mêlant parfois lui-même à leurs exercices ; c'étaient Brandolini, Marone et Querno.

Tuschio Brandolini, d'une famille noble de Florence, était aveugle de naissance ; il versifiait avec élégance et pureté, ainsi que le prouvent celles de ses pièces qu'on a conservées. Il fut longtemps attaché à Mathias Corvin, roi de Hongrie, qui aimait à rassembler à sa cour tous les savants et tous les hommes de lettres de son siècle.

Les deux frères Cristoforo et Rafaele Sordi, également aveugles, eurent aussi la réputation d'habiles improvisateurs. Le premier surtout, prédicateur éloquent, fut célèbre par son érudition et son talent poétique. Une fois, entre autres, on lui proposa pour thème *l'Histoire naturelle de Pline.* Dans une improvisation brillante, il analysa cet immense ouvrage, sans en omettre un seul point qui présentât quelque intérêt.

Andrea Marone, de Brescia, avait passé une partie de sa jeunesse à la cour de Ferrare, sous la protection du cardinal Hippolyte d'Este. N'ayant pu obtenir d'accompagner le cardinal dans un voyage qu'il fit en Hongrie, il quitta Ferrare pour Rome, où il fut accueilli par Léon X.

Un jour que le pontife donnait un grand repas à des ambassadeurs et aux plus grands seigneurs de Rome, il proposa à Marone d'improviser sur la sainte Ligue qui venait de se former contre les Turcs. Les vers que le poëte chanta eurent un tel succès que le pape le nomma sur-le-champ à un bénéfice vacant et le logea au Vatican. Dans une autre occasion, le jour de la fête de saint Côme et saint Damien, protecteurs de la famille de Médicis, le pape proposa un sujet de concours aux improvisateurs ; le prix fut adjugé à Marone, bien que Brandolini fût au nombre des concurrents.

Après la mort de Léon X , Marone fut chassé du Vatican par Adrien VI , qui regardait les poëtes comme des impies, puis rappelé par Clément VII ; mais, ruiné par une suite d'événements malheureux, et surtout par le sac de Rome, dont se souillèrent les troupes du connétable de Bourbon, il mourut dans la misère en 1527. Marone s'accompagnait de la viole en récitant ses vers ; il était calme au commencement, mais on voyait sa verve, sa facilité, son éloquence, s'accroître par degré ; ses yeux brillaient d'un feu extraordinaire, ses veines se gonflaient ; bientôt la sueur inondait son visage, et tous ses mouvements participaient de l'enthousiasme qui l'embrasait, et qu'il savait communiquer à ses auditeurs.

Peu de poésies latines de Marone sont parvenues jusqu'à nous, mais les louanges extraordinaires données à ses improvisations par Paul Jove, Valérien, et autres, sont une preuve suffisante de son talent, et des effets merveilleux qu'il produisait.

Camillo Querno, surnommé *l'Arcipoeta*, était aussi un improvisateur latin, et son talent fut loué par plusieurs de ses contemporains, entre autres par Francesco Arsilli, dans son poëme *de Poetis Urbanis*. Son principal mérite consistait dans une rare facilité de versification, et une impudence plus rare encore à réciter les mauvais vers qui lui échappaient ainsi impromptu. Bacchus l'inspirait plus souvent qu'Apollon, et c'était des coteaux d'Orviette et de Montefiascone que coulait pour lui la fontaine de Castalie. A son arrivée à Rome, Querno avait apporté de Monopoli, sa patrie, dans le royaume de Naples , un poëme épique, intitulé *Alexias*, composé de vingt mille vers. Il rassembla, pour l'entendre, un nombreux auditoire, dans une petite île du Tibre , et là il s'exerça à chanter et à boire avec un tel succès qu'on lui décerna une couronne de pampre et de laurier, avec le titre d'*Arcipoeta*. Léon X trouvait en Querno une espèce de bouffon dont il s'amusait ; il lui envoyait à boire à condition qu'il ferait au moins deux vers sur chaque objet qu'il lui indiquerait, et que, si les vers étaient mauvais, on mettrait, au moins, la moitié d'eau dans son vin. A ce compte, vous pensez bien que ce n'était pas à la table de Léon X que Querno devait s'enivrer. Fatigué de cet exercice, l'improvisateur commença une fois par ce vers :

> Archipoeta facit versus pro mille poetis....

Léon X l'interrompit en achevant le distique :

> Et pro mille aliis Archipoeta bibit.

Querno termina sa carrière d'une manière encore plus misérable que Marone. Forcé de quitter Rome à la mort de Léon X, il se réfugia à Naples ; la maladie et la misère lui firent chercher un asile dans un hôpital, où, de désespoir, il s'ouvrit le ventre et se déchira les entrailles avec des ciseaux.

Plusieurs autres improvisateurs servirent, comme Querno, de point de mire aux plaisanteries quelquefois un peu cruelles de Léon X. Sans parler de Giovanni Gazoldo, qu'il fit fouetter publiquement pour avoir fait de mauvais vers, et de Girolamo Britonio, qu'il se plut tant de fois à bafouer, nous ne citerons que Baraballo, de Gaëte, dont le ridicule amour-propre semblait si bien attirer et mériter les mystifications de tous genres.

Baraballo, abbé de Gaëte, prenait pour bonnes les louanges les plus outrées, et il en vint à se croire digne, comme Pétrarque, du couronnement au Capitole. Le pape eut l'air de céder à cette sotte prétention, et fixa pour la cérémonie le jour de la fête de saint Côme et de saint Damien. Avant cette époque, la famille de Baraballo, une des plus importantes de Gaëte, le sollicita de renoncer à un soi-disant honneur qui ne ferait que le couvrir de ridicule ; il reçut fort mal les parents qui lui avaient été députés, et les renvoya brutalement. Le grand jour arrivé, Baraballo, revêtu des insignes d'un triomphateur romain, après une improvisation extravagante, et digne de la circonstance, en présence d'une foule immense, réunie sur la place du Vatican, monta sur un éléphant qui avait été donné au pape par le roi de Portugal. Tout alla pour le mieux tant que le cortége parcourut la rue du *Borgo Nuovo*, qui conduit de Saint-Pierre au mausolée d'Adrien ; mais, lorsqu'on fut arrivé au pont Saint-Ange, ni par douceur, ni par force, on ne put faire consentir l'éléphant à le traverser, et ainsi finit la comédie. Le pape, voulant immortaliser cette burlesque cérémonie, fit faire, par un habile sculpteur, Giovanni Barile, un bas-relief qu'on voit encore sur la porte d'une des chambres intérieures du Vatican.

Les improvisateurs italiens avaient été en petit nombre sous Léon X ; un certain Cristoforo eut cependant une grande renommée, et reçut le surnom d'*Altissimo*. Il avait composé en improvisant un poëme de chevalerie, intitulé *I Reoli*, poëme que des amis copièrent pendant qu'il le chantait, et qu'ils publièrent après sa mort ; on s'étonna d'avoir admiré une si misérable composition.

La mort de Léon X sembla être le signal de la disparition des improvisateurs en langue latine, et dès lors, comme tous les littérateurs, comme tous les savants de l'époque, les improvisateurs adoptèrent la langue vulgaire. Leur nombre ne fit que s'accroître, et, dans cette interminable liste, chaîne immense qui s'est prolongée jusqu'à nous, je choisirai seulement quelques noms les plus célèbres.

D'abord se présente Silvio Antoniano, né à Rome, en 1540, de parents obscurs ; sa vaste érudition, la profonde connaissance qu'il avait des langues anciennes, le firent parvenir à la dignité de cardinal. Il dut à son talent d'improvisation le surnom de *Poetino*. Une autre cause contribua encore à son élévation : Giannangelo Médicis, devenu souverain pontife sous le nom de Pie IV, n'oublia pas que, lorsqu'il n'était encore que cardinal, Silvio, dans une improvisation, lui avait promis la tiare. Une singulière circonstance lui valut son plus beau triomphe. Par une belle soirée de printemps, devant une nombreuse et brillante assemblée, Silvio avait commencé à improviser, quand un rossignol, attiré sans doute par ses chants, et comme saisi d'une noble émulation, commença une lutte inattendue qui prêta un nouveau charme aux vers que récitait le poëte. Silvio lui-même abandonna son sujet, s'adressa au rossignol, et loua la pureté de sa voix, la beauté de son chant, en vers si harmonieux que tous les auditeurs battirent des mains et furent émus jusqu'aux larmes.

Sous Sixte V, à la fin de ce siècle, frère Philippe, religieux de l'ordre de Saint-Augustin, reçut le surnom d'Homère des improvisateurs. Quoique aveugle presque dès son enfance, il sut devenir à la fois théologien, philosophe, orateur, poëte. Le docte Mathieu Bosso, le correspondant de Bessarion, rapporte l'avoir entendu merveilleusement improviser à Vérone, tandis qu'en même temps il y prêchait le carême avec le plus grand succès.

Le XVIIe siècle vit naître le prince des improvisateurs, le seul peut-être qui ait été vraiment digne du nom de poëte, et dont la réputation ait survécu. Plusieurs historiens nous ont transmis des détails sur la vie du chevalier Perfetti, entre autres l'abbé Fabroni, dans son livre intitulé *Scriptores Italiani*, et Domenico Gianfogni, dans le recueil des poésies de Perfetti, qu'il publia à Florence en 1774.

Bernardino Perfetti avait vu le jour en 1680, à Sienne, qui semble avoir été la patrie des improvisateurs, comme elle est le sanctuaire de la langue italienne. Il était d'une famille noble, et son éducation fut des plus brillantes ; on peut bien dire qu'il naquit poëte, car, à sept ans, il composait des sonnets, médiocres à la vérité, mais bien remarquables pour cet âge. Ce fut peu de temps après qu'on le vit plusieurs fois réciter à l'impromptu d'assez longues tirades de vers italiens. Dès ce moment, son goût pour l'instruction ne fit que s'accroître ; il commença par se nourrir des beautés de la poésie latine ; il lut tout ce qui jusques alors avait été écrit sur les règles de l'art. Par une étude continuelle des meilleurs ouvrages toscans, il orna sa mémoire de toutes les richesses qu'ils renfermaient, il se les appropria. Il y avait alors à Sienne un improvisateur nommé Giov. Batt.-Bindi, distingué par les grâces et la finesse de son esprit ; Bindi parlait en vers aussi facilement que d'autres se seraient exprimés en prose. Perfetti l'entendit, et sa vocation fut décidée ; comme La Fontaine, il s'écria : Et moi aussi je suis poëte ! »

Il s'essaya d'abord en présence de quelques amis, et avec un si grand succès que bientôt ils l'engagèrent à se produire au grand jour ; il hésitait encore quand un événement imprévu acheva de l'enhardir. Un soir qu'il se promenait avec ses amis, il entreprit de chanter les louanges de quelques citoyens illustres de Sienne ; tout à coup il se sentit saisi d'un tel enthousiasme qu'il récita une suite de vers sublimes, lesquels arrachèrent l'admiration de tous ses auditeurs, qui le rapportèrent chez lui en triomphe. Une fois engagé dans la carrière de l'improvisation, il sentit que celui qui s'annonçait comme pouvant traiter *ex abrupto* toutes sortes de sujets devait avoir l'érudition, sinon la plus profonde, au moins la plus étendue ; qu'il devait être prêt à répondre sur tous les arts, sur toutes les sciences; qu'il ne devait ignorer aucune branche des connaissances humaines. Aussi bientôt on put le citer comme théologien, philosophe, mathématicien, jurisconsulte, anatomiste; il possédait surtout l'histoire, et il en citait les traits si à propos, qu'on eût dit que tous les siècles passés étaient présents à ses yeux. A cette variété, à cette étendue de connaissances, Perfetti joignait les grâces d'un coloris qui lui était propre, et qui donnait un cachet particulier à toutes ses inspirations.

Lorsque Perfetti se livrait aux élans de sa verve, il était obligé de temps en temps d'humecter ses lèvres d'un peu d'eau, moins pour se rafraîchir que pour tempérer l'ardeur de son imagination ; lorsqu'il avait fini, il restait sans mouvement et à demi mort ; il passait la nuit suivante sans dormir, et ce n'est qu'après un long intervalle que se calmaient les transports violents qui l'avaient agité. Il récitait en chantant les vers qu'il improvisait, et se faisait accompagner par un joueur de guitare, qui quelquefois même avait peine à le suivre, tant était grande la rapidité de son débit. Il affectait d'employer le vers de huit pieds, que les Italiens nomment épique, et qui est le plus difficile de tous.

Le jour le plus glorieux pour Perfetti, dit l'abbé Fabroni, auquel j'emprunte la plupart de ces détails, fut celui où il reçut au Capitole la couronne poétique. Ce fut dans le second voyage qu'il fit à Rome, à la suite de la princesse Violante de Bavière. Le Saint-Siége était alors occupé par Benoît XIII. Malgré le peu de goût de ce pontife pour la poésie, les merveilles qui lui étaient rapportées de Perfetti le lui avaient fait juger digne du laurier ; il ordonna qu'il ferait ses preuves en public.

En présence de plusieurs juges qui avaient prêté serment, on lui proposa douze sujets de théologie, de physique, de mathématiques, de jurisprudence, de morale, de poésie, de médecine, de gymnastique et de philosophie. Il sortit victorieux de cette redoutable épreuve, et son triomphe fut complet.

Ce beau jour étant arrivé, Perfetti, monté sur un char doré, et traîné par de superbes chevaux, suivi du nombreux cortége qui accompagne ordinairement les conservateurs du peuple romain dans les cérémonies publiques, partit de l'archigymnase de *la Sapienza* pour monter au Capitole, au milieu d'une multitude innombrable. Il entra dans la salle du Capitole aux acclamations du peuple. Lorsqu'il fut aux pieds de Frangipani, sénateur de Rome, ce magistrat lui posa la couronne de laurier sur la tête. « Digne chevalier, lui dit-il, c'est sous les auspices de notre souverain pontife Benoît XIII que je mets sur votre tête ce noble symbole de la gloire poétique ; recevez-le comme une preuve de la réunion des suffrages publics, et comme un gage de la faveur singulière de Sa Sainteté. » Cet honneur était d'autant plus flatteur, qu'il n'avait pas été prodigué ; il n'avait été accordé qu'à deux hommes de génie, Pétrarque et le Tasse ; encore la mort empêcha-t-elle l'auteur de *la Jérusalem* de jouir du triomphe qui lui avait été décerné.

Le titre de citoyen romain, qui fut accordé à Perfetti, et le droit d'ajouter a couronne de laurier à ses armes, mirent le comble aux distinctions qu'il avait reçues. On frappa à Rome et en d'autres endroits des médailles portant son empreinte ; il y est représenté avec la couronne sur la tête. La ville de Sienne, qui voyait rejaillir sur elle l'éclat des honneurs accordés à un de ses citoyens, arrêta dans une délibération publique qu'on rendrait des actions de grâces au souverain pontife.

A la plus grande modestie Perfetti joignait un esprit liant et des mœurs douces ; aucun de ses concitoyens ne compta vainement sur ses soins, ses conseils, sa fidélité. Tant de qualités aimables et solides le faisaient universellement chérir ; et, s'il eut quelques envieux ou quelques détracteurs, sa modestie adoucit le fiel des uns, sa modération émoussa les traits des autres. Il parlait souvent de la mort avec cette tranquillité ou plutôt cette indifférence que peut seule inspirer une conscience pure et sans reproche. Comme il l'avait toujours prévu, une attaque d'apoplexie le frappa vers la fin de juillet 1747 ; il succomba au bout de quelques jours. Toutes les classes des citoyens assistèrent à ses obsèques et à son oraison funèbre. Il fut déposé, à côté de ses pères, dans l'église Saint-François, située hors la ville. Sa femme, ses enfants, son frère lui élevèrent un monument en marbre dans le Panthéon de Rome, et, selon ses dernières volontés, on suspendit sur ses restes mortels sa couronne de laurier. Un autre monument lui fut érigé dans la cathédrale de Sienne ; on y voit son buste, ouvrage du sculpteur Mazzuoli.

Un des plus grands poëtes de l'Italie, Métastase, avait fait preuve, dès sa première jeunesse, d'un rare talent d'improvisation ; mais l'exercice de ce talent était en lui un effort violent de la nature. Lorsqu'il avait improvisé pendant quelque temps, il tombait dans un affaissement, dans un épuisement extraordinaires ; on était obligé de le mettre au lit, de le ranimer par des cordiaux, et il ne recouvrait ses forces qu'après vingt-quatre heures au moins. Les médecins l'avertirent que, s'il voulait conserver la vie, il lui fallait renoncer à un exercice aussi dangereux. Il céda avec peine, et c'est à cette résolution sans doute que nous devons tant de chefs-d'œuvre qu'il n'eût probablement pas composés s'il se fût livré à l'instinct qui semblait le pousser à n'être qu'un improvisateur.

Il s'est trouvé aussi quelques femmes qui ont porté le talent d'improviser à un haut degré de perfection ; on cite parmi elles Cecilia Micheli, de Venise, Giovanna de' Santi, et une religieuse nommée Barbara da Correggio ; mais aucune d'elles n'eut une réputation égale à celle de la célèbre Corilla, que Mme de Staël a choisie pour l'héroïne de son plus délicieux ouvrage. Corilla était née à Pistoja, en Toscane ; des études suivies développèrent son talent naturel, et bientôt ses succès furent tels que l'empereur d'Autriche l'appela à Vienne, où elle fut reçue avec la plus grande distinction ; elle revint dans sa patrie comblée des bienfaits de ce prince. Catherine II, de Russie, voulut aussi l'attirer à sa cour, mais les goûts de Corilla la retinrent en Italie, où lui était réservé le plus beau triomphe. En 1776, on lui décerna les honneurs du couronnement au Capitole ; mais l'envie et la malignité devaient empoisonner son bonheur ; Corilla, dès le lendemain de la cérémonie, fut accablée d'épigrammes et d'insultes. Elle a fait imprimer quelques petites pièces de vers qui, comme presque toutes celles qui sont restées des autres improvisateurs, ne justifient pas la réputation de leur auteur.

Une autre improvisatrice, morte depuis vingt ans environ, jouit au commencement de ce siècle d'une immense renommée, qu'elle a souillée par son ingratitude envers ses bienfaiteurs. Protégée de la princesse Elisa et de toute la famille de Napoléon, Bandettini, dite *l'Amarilli Etrusca*, n'attendit pas même les Cent-Jours pour chanter devant le duc de Modène la *Chute des Titans*.

D'autres noms célèbres se présentent encore sous ma plume : Ferroni, toscan, qui à la fin du siècle dernier improvisait avec Corilla ; son contemporain Natali, et le père Tucco, tous deux de Vérone, qui fut aussi la patrie de l'abbé Laurenzi, habile improvisateur et bon poëte, auteur du poëme de *la Coltivazione dei Monti* ; enfin, parmi ceux qui me font l'honneur de me lire, plusieurs, sans doute, ont entendu le célèbre Sgricci, le premier parmi les improvisateurs modernes, mort à Rome, en 1857, pensionné par le grand duc de Toscane. Un plus grand nombre encore aura pu admirer le débit franc et rapide, l'imagination brillante, la versification élégante et facile de Luigi Cicconi, et de Regaldi. Un grand seigneur gènois, le marquis Giovanni Carlo di Negro, est maintenant un des meilleurs improvisateurs de l'Italie (1).

Il existe aussi sur cette terre poétique une classe plus humble, et qui n'est peut-être pas moins étonnante : celle des improvisateurs de carrefour, dans laquelle brille encore au premier rang Olivario, le Napolitain. Qu'il me soit permis de citer, en terminant, une singulière rencontre qui restera longtemps gravée dans ma mémoire. En 1837, je parcourais l'Auvergne ; pouvais-je m'attendre que là je retrouverais une de ces scènes qui m'avaient si vivement frappé sur le môle de Naples ; que je verrais gesticuler, devant de froids et impassibles montagnards, aux grands chapeaux de feutre, aux lourds vêtements de drap, l'improvisateur tant chéri du lazzrroni demi nu et du pêcheur de *la Mergellina ?* Tel était cependant un homme qui, par une froide soirée d'automne, s'arrêta sur la place du Puy-en-Velay, au milieu d'un cercle de paysans, accorda une mauvaise mandoline, préluda par quelques accords ; puis, s'adressant à ses auditeurs interdits, leur demanda ce qu'ils voulaient qu'il chantât. *Cantate l'amor della patria,* lui dis-je. Il tressaillit, fixa sur moi des yeux où je vis briller une larme ; un mot ita-

(1) Dans la discussion qui a suivi au Congrès Historique la lecture de ce Mémoire, M. Renzi a ajouté, aux noms que j'avais cités, ceux des modernes : Gianni, improvisateur impérial sous Napoléon, et dont les charmantes poésies nous restent ; Pistrucci (de Rome), et de Mlle Rosine Taddei, qui jouit d'une grande renommée, et improvisait à Rome, à l'âge de dix-sept ans.

Je remercie ici M. Renzi de ces précieuses indications, que je m'empresse de mettre à profit.

E. B.

lien, c'était un souvenir de la patrie absente, et, depuis si longtemps, sans doute, sa demande était restée sans réponse! Il se remit bientôt, chanta quelques strophes; puis, les reprenant vers par vers, il les traduisit et les commenta avec une emphase que, pour tout autre, eût rendue encore plus comique le baragouin informe qu'il croyait être du français. Et pourtant ce ne fut pas le rire que cet homme m'inspira.... Cette ardente imagination italienne, réduite à se perdre pour des hommes qui ne comprenaient ni son feu, ni son langage, n'était-ce pas chose triste et douloureuse? Je laissai tomber mon aumône dans le chapeau du pauvre chanteur, et je rentrai chez moi en lui souhaitant de retrouver un jour son auditoire au teint bronzé, à l'œil étincelant, et ce ciel inspirateur, ce golfe divin dont le souvenir faisait saigner son cœur. Puisse, me disais-je, puisse la fatalité ne pas avoir gravé pour lui sur le seuil de la France la terrible parole du Dante :

Lasciate ogni speranza, voi che entrate !

En entrant en ce lieu, perdez toute espérance!....

(Extrait de *l'Investigateur*, journal de l'Institut Historique, 99ᵉ livraison. — Octobre 1842.)